KB274681

옛 이야기

옛 이야기
申美澈 詩集

초판 인쇄 | 2010년 07월 25일
초판 발행 | 2010년 07월 30일

지은이 | 신미철
펴낸이 | 신현운
펴낸곳 | **연인M&B**
디자인 | 이희정
기　획 | 여인화
등　록 | 2000년 3월 7일 제2-3037호
주　소 | 143-874 서울특별시 광진구 자양동 680-25호(2층)
전　화 | (02)455-3987　팩스 | (02)3437-5975
홈주소 | www.yeoninmb.co.kr
이메일 | yeonin7@hanmail.net

값 8,000원

ⓒ 신미철 2010 Printed in Korea

ISBN 978-89-6253-066-7 03810

옛 이야기

연인푸른시선

11

申美澈 詩集

연인M&B

벌써 오래된 이야기지만 우리 한국 사람의 성급한 습성을 표현하는 "빨리 빨리"란 말이 가장 많이 쓰이던 때가 있었다.

그 "빨리 빨리"란 말로 인해 실소를 자아내게 했던 에피소드도 적지 않았다.

무엇이 우리를 그렇게 시간과 속도에 치중하게 했던가? 아마도 6·25 사변으로 황폐화된 생활과 잃어버린 소중한 것들을 생각하며 아픈 수난의 난관 속에서 하루 속히 탈피하고 극복하려는 의욕과 열정이 깃들인 근면성이 그 원인일수도 있었다.

그렇게 열심히 앞만 보고 달리며 바쁘게 살아온 결과 이룬 것도 많지만 한편 마땅히 챙겨야 할 소중한 삶의 우리 미풍양속을 소홀히 함으로써 안타깝게도 실종되고 분실된 오늘날의 현실이 아쉽게 느껴질 때가 종종 있다.

그래서 이번 나의 여덟 번째 시집 제목은 온고지신(溫故知新)의 뜻을 기리는 의미로 『옛 이야기』로 정했다.

주위에서 따뜻한 미소로 성원해 주신 모든 분들께 진심으로 감사 드린다.

2010. 6월
신미철

제2부 옛 이야기

제3부 어떤 해후

제4부 자화상 앞에서

제5부 햇빛 밝은 날

제1부

어느 가을날

어느 가을날

가을이

그리움으로

나를 불러내서

홀연히 나는

차표를 사들고

먼 고향으로 떠나는

기차를 기다린다.

호박꽃

누가
호박꽃도 꽃이냐고
말했을까?

여름 아침
푸른 이슬밭에 핀
노오란 호박꽃을 보면
나는 반갑고 흐뭇하다

그 수수하고 소박한 얼굴
넉넉한 환한 미소!
때 묻지 않은 고향의 순수가
숨쉬고 있음을 본다

꽃이 진 자리에
나날이 커가는
푸른 애호박의
그 자르르한 윤기—

가을이면
노을빛으로 익어가는
둥글고 소담스러운 호박의
아, 가을 이야기.

늦가을

구절초도
범부채도
쑥부쟁이도
다 이운 가을 공원

단풍 든 나뭇잎들
낙엽으로 지는
늦가을 저녁—

아직도, 시들지 않은 사랑으로
따뜻한 등불
밝히시는 당신은

아, 어머니!

솔밭길

하얗게
눈 내리는 날
솔밭길 걸어가네

오랜 세월에
거칠게 튼 목피(木皮)의
질박한 모습

오름의 부드러운 능선에
비스듬한 자세로
기품 있는 가지로
서 있는 소나무들

하늘을 배경으로
운치 있는 한 폭
그림이 되고

지나는 바람결에
시(詩)를 읊는
그윽한 솔바람소리…

하얗게
눈 내리는 그 길을
나 오늘
세한도(歲寒圖) 속의 청빈(淸貧)되어
걸어가고 있네.

포대화상

뜻밖의 장소에서
처음 만나게 된
당신

당신을 만나 보는 순간
당신의 웃는 그 모습이
너무도 시원스럽고 좋아서
망설일 것 없이
집으로 모셔왔습니다

우리 집에서 함께한 세월
어느덧 이십여 성상
생활 가까이
당신의 얼굴
대하고 싶어서

장식대 위에서
책상 위로
이제는, 식탁 위로 자리를 옮겨
당신을 더욱 가까이
바라봅니다

언제나
기쁨과 만족이 충만한 모습
만면에 밝고 여유만만한 웃음—

마주 대하는 이의 가슴을
환하게 열어주는 당신의
당당하고 패기 넘치는
그 좋은 인상!

얼마나 깊이
마음을 갈고 닦으면
그토록 여유로운 모습
닮을 수 있을런지…

만면에 넘치는
그지없이 아름다운
아! 그 미소.

* 포대화상[布袋] : 불교에서 자비와 보시를 행하는 구도자의 모습.

창(窓)

당신은
나의 창(窓)!

나도 오늘
당신의 환한
창이 되고 싶다.

미소 1

그것은 추위를 녹여주던
고향집 아랫목 같은 것

그것은
외로움과 어두움 살라버리는
밝은 등불 같은 것

그것은
마음을 따뜻하게 하고
고마운 생각을 낳게 하는

아, 그것은
행복의 씨앗.

미소 2

조용히
퍼지는 향기

진한 빛깔도
짙은 향기도 아니면서

네 마음
내 마음
다정히 손잡게 하는구나

살다 보면
머리 무겁고
나른해지는 몸

그런 속에서도
너로 하여 세상은
꽃봉오리 열고

너로하여
세상은
단비 내린다.

합장(合掌)

하늘과 땅
화합하는
손길

조용히
두 손 모으면
마음 이르는 곳
깊고 잔잔한
호수이어라.

개심사(開心寺) 다녀오던 날

봄이 무르익어가는
어느 날
개심사를 찾았다

상왕산 개심사 뜨락엔
부처님 닮은 불두화
송이송이 탐스럽게 눈부시고

뻐꾹새 소리
장끼 나는 소리
먼 유년의 마을
불러오는데

절문 밖에는
시골 아낙네들이 팔고 있는
봄내음, 산내음 물씬한
취나물, 고사리, 돌미나리,
더덕, 칡뿌리…

봄나물 몇 가지 사서
가방에 챙겨 오는데
문득

산채(山菜) 삶는
고향집
그 내음—

내 가슴
뭉클하게
그립게 한다.

어머니

퍼내어도

퍼내어도

마르지 않는

깊고 맑은

오! 사랑의 샘.

비상(飛翔)
—천연기념물 노랑부리 저어새

시월 하순
노랑부리 저어새가
겨울을 나기 위해
천수만 간척지에
날아든다

깊어가는 가을
높푸른 하늘에
쭉 뻗은 다리와 목줄기
평행선으로 비상하는
저어새 모습!

그 모양이
더없이 아름답다

가을 하늘에 수놓아지는
무구(無垢)한
아! 한 폭의 예술.

상면(相面)

싸락눈이라도
푸실푸실 내릴 것 같은
초겨울 날

마음속에 간직한
선한 눈매를 보러가듯
부푼 마음으로
순례의 길을 떠난다는
법정 스님!

이렇게 호젓한 등불 아래서
밤 깊도록 읽는
그분의 책을 통해
맑은 영혼과
이 밤, 상면을 한다

동화(童話)는 푸른 초원이라며
'생텍쥐페리'의 『어린 왕자』를
머리맡에 두고
손때가 배도록 되풀이 읽는
그분의 영혼에

말없이
감사와 기쁨의
기도를 드린다

정복(淨福)을 누리는
시간을 갖게 한
그분을 기리며
호젓이 혼자서 드는
자스민차의 향기.

고향

찾아가
쉴 수 있는
고향이 있다면
행복한 것이다

그 고향에
그리운 사람이 살고 있다면
더욱 크나큰
축복이다.

침묵

혼자일 때나

누구와 함께일 때나

침묵은

창가에 있는

호젓한

사유(思惟)의 등불이다.

아람브라 궁전의 추억

아직도
내 귀에 들리는
그 물소리

울창한 나무숲을 연상시키는
124개의 돌기둥 사이로
흐르는 물소리—

정원엔
꽃모양의 분수
일 년 내내
물소리 들을 수 있는
물의 정원

아직도, 내 눈에 아른거리는
레이스처럼 섬세하고 우아한 장식
격자무늬의 창(窓)
천정엔 하늘빛 받아들이는
별모양의 많은 창(窓)들이
이윽히, 실내를 들여다보고 있다

아, 벽에는
사색의 뿌리로 연결된
반복되는 기하학적 문양들!

시시각각 변하는
물을 통해 반사되는
신비로운 예술—

누구라도 빠지지 않을 수 없는
나리스궁의 신비한 빛 속에서
물소리로 귀를 열고
나무 향기로 가슴을 열면서 듣는
'아람브라 궁의 추억' 기타 소리…

아아! 그 기타 소리 들으며
감미롭고도 서글픈 꿈으로
인생의 여정
배회한다.

녹차밭 풍경

햇살 고운 아침
녹차밭 풍경

그것은
초록 융단을 깔아놓은
영혼의 뜨락

눈부신 태양 아래
꿈꾸는
평화의 숨결―

지상에서
가장 눈부시게 아름다운
초록빛 장원(莊園)이여.

묵은 편지

어느 날
책장을 정리하다가
읽어 보게 된
해묵은 편지들

까맣게 잊어버렸던
지난날의 감회
새삼, 되살아난다

오래된 그 편지들 읽으며
메말랐던 마음밭이
봄비를 맞은 듯
파랗게 파랗게 새잎이 돋는
이 은혜로운 기쁨—

새삼, 생기를 북돋아 주는
이 고마움을
가슴 깊이 간직하게 하는
해묵은 보배여.

시(詩)는

온종일
시(詩)만 붙들고 있다면
바보짓

그러나
시를 깡그리 잊고
사는 삶도 바보!

하늘엔 빛나는 태양이
땅 위엔 생명을 가진
귀한 존재들 많아

시(詩)는
그 하늘과
땅 사이를 잇는

아름다운 가교(架橋).

제2부

옛 이야기

옛 이야기 1
―다듬이소리

지나간 옛날
우리 살던 마을에 들리던
정겹던 그 소리―

혼자서 똑딱똑딱
둘이 마주 앉아
잦은가락 치던
그 다듬이소리!

아낙네의
노고와 사랑
한숨과 눈물도 어우러진
삶의 가락, 그 소리…

지금은
세월 따라 사라져 간
백의민족 날개 다듬던
추억 속의 그 소리

어쩌다
달빛 푸른 밤이면
불현듯 생각나는
그 정취
꿈속 같던 그 다듬이소리―

이제는
먼 추억 속의 옛 가락!
아름다웠던 우리의
그리운 고전(古典)이여.

옛 이야기 2
—아랫목

어린 시절
추운 겨울날

학교에서 돌아오면
엄마는, 꽁꽁 언 내 손을 이끌어
아랫목 요 밑에 넣어주었다

손끝에
전해져 오는
따뜻한 그 온기—

이제금 생각해도
세상에서 제일 포근한
사랑이었다.

옛 이야기 3
―연 날리기

나뭇가지
앙상한 겨울날
언덕에서 연을 날린다

찬바람 부는 하늘 아래
대지의 꿈 간직한 소년
연을 날린다

얼어서 튼 손으로
연줄을 풀며 감으며
당겼다 늦췄다 열중하는 모습

―언젠가는
지나간 그때가 그리움으로 남아
망연히 되돌아보는 추억이 되리라

그 옛날
연 날리던 그 소년
지금쯤은 어른 되어
어디서 무엇을 하며 살고 있을까

꽁꽁 언 손으로도
희희낙락하던
그때 그 소년의 모습
햇살처럼 온기로 찾아드는데.

옛 이야기 4
—상좌(上座)

추운 때
윗 어른이 오시면
얼른 일어나 모시던 자리
아랫목!

어린 아기도
따뜻한 그 자리에 뉘어놓으면
방글거리며 웃다가
평화롭게 잠이 들었다

근래 집들은
윗목 아랫목 없이
보일러로 평등해진 난방 탓일까

위, 아래 질서가
옛날 같지 않으니….

옛 이야기 5
—눈 오는 날

온 세상이
흰 떡가루 같은 눈으로
하얗게 덮이는 날

어디선가
맑은 박하향이 날 것만 같다

이런 날
혼자서 길을 나서면
하늘과 땅
그 순결무구한 경관에
무아지경에 이른다

눈 위에 찍히는
내 발자국 보며
무심히 나를 돌아보던

눈 내리던 고향
그 오솔길.

옛 이야기 6
―부뚜막

우리 집에서
가장 신성한 곳

동이 트자마자 일어난 어머니는
먼저, 부엌으로 들어가셨다
가족을 위한
헌신의 장소―

밥 짓는 냄새
국 끓이는 냄새
나물 볶는 냄새
이것저것 음식 내음으로 어우러지던
부엌, 부뚜막!

그곳엔
옹솥, 중솥, 가마솥이
나란히 걸린 자리

가끔씩 부뚜막 맥질로
뽀얗게 분 바른 날이면
주부의 살뜰한 손길에 길들여진
까맣게 윤나던 무쇠솥과 어울려
깔끔한 정감을 일게 하던 곳

―아궁이 잿불에 구워 먹던
밤, 고구마, 그 따끈한 맛!
그때 그 고소한 그 맛―

지금은
시대 따라 사라져 가는
그 부뚜막

그러나 그곳은
새벽마다 청수 떠놓고
기도 드리던
어머니의 성전(聖殿)이기도 했다.

옛 이야기 7
—타래 실

한 사람은
두 팔 벌려서
타래실 풀어주고
또 한 사람은 실패에
타래실 감는다

대개 그것은
투박한 무명실이었다
풀먹여 다듬질한 이불 홋청이나
개구쟁이 터진 옷 솔기 꿰매고
구멍난 가난도 깁던
굵은 무명실—

모녀 간에, 고부 간에, 동서 간에
더러는 부부 간에 마주 앉아서
이 얘기, 저 얘기 나누며
일손 돕던
그림 같은 그 정경!

이제는
먼 추억 속에 사라지는
아름답던 한 폭의
풍경화.

옛 이야기 8
—모시적삼

여름 저녁
시골 초가지붕에 피던
하얀 박꽃처럼
눈부시게
순결한 모습

반딧불이 나는 초저녁
하얀 모시적삼 다려 입고서
풀벌레 소리 그윽한
울타리 가를 서성이던
지난날의 그리움이여.

옛 이야기 9
—감나무

그 옛날
고향집 후원에 서 있던
감나무

해마다 유월이면
구슬 같은 감꽃 떨구어
상아빛 꽃자리 깔아줄 때면
가슴 부푼 소녀는
감꽃 목걸이 목에 걸고서
하늘빛 꿈을 꾸었네

어느덧
강물처럼 흘러가버린
세월따라 다가온
아아, 만추(晩秋)!

잎 떨어진 가지에
까치밥으로 남은
몇 알의 홍시(紅柿)
달고 있는 감나무

텅 빈 하늘 이고서
묵묵히
성자(聖者)처럼 서 있네.

옛 이야기 10
—등잔불

어릴 때 보던
새색시처럼 수줍던
등잔불!

가을 동치미 무알만한
앙증스런 사기 등잔엔
아늑히, 방 안을 채우는
빛이 있었다
꿈이 있었다

창호지문에
묵화인 양, 선명한 음영을 드리우던
다정스럽던 불빛

그 곁에는
버선볼 받던 어머니 모습
글공부 하던 오라버니 목소리
곤히 잠든
달덩이 같은 동생의 얼굴도
있었는데…

지금은
밝은 전등불 아래서도
답답해 하는
우리들 메마른 가슴…

가물대는 등잔에
기름을 부으면
불빛 환히 되살아나듯
그렇게 우리를
되살릴 수 있는 것은
그 무엇일까.

상수리나무
—고향의 가을

고향집 뒷동산 산기슭에
늠름하게 서 있던
큰 상수리나무

해마다 가을이면
알밤 줍듯 풀섶 헤치며
토실한 상수리 줍던 추억
아슴하게 되살아난다

지금도
그 상수리나무
고목이 되어
고향을 지키고 있을까?

푸른 하늘, 흰 구름 이고서
바람결 없어도
제물에 후두둑 떨어져 구르며
고요한 가을의 정적
흔들고 있을까.

옥색 모시 치마

금년 여름
백중날에

나는 고운 한산모시 옥색치마에
하얀 모시적삼을 받쳐입고
법회에 참석했다

벌써, 사십여 년 전
내가 시집 올 때 혼수로 해 온
그 모시 치마 적삼!

옛날 어머니처럼
말기 단 긴 치맛자락
살포시 여민 내 모습에
보는 사람마다 곱다는 찬사
아끼지 않았다

그날, 그렇게
찬사를 보내는 이들의
눈동자에 고이던 빛
아, 아련한 향수(鄕愁)…

세월이 흘러가도
우리 고유한

하늘빛 정서
백의민족의 순결한 그리움은
아직도 우리를

회상의 강가에
서성이게 하느니.

까치집

높은 나뭇가지 위에
까치집
보인다

나목(裸木)의 계절에
춥게 보이는
그 둥지

감색과 흰색
그 세련된 옷매무새로
신나게 날아다니다가
마을 돌담집 담장에 내려앉아
반가운 소식 귀띔해 주던
길조(吉鳥) 까치!

고향의
몇 백 년 역사 휘감은
동구 밖 큰 느티나무 위 보금자리에도
까치네 가족들
오순도순 살고 있을까

일자리 찾아서 떠난
마을 젊은이들처럼
먼 도시(都市)로
떠나지는 않았겠지.

열매 예찬

지금은
꽃이 아니다
봄 꽃이 아니다

이제는
여름도 지난
가을의 열매 되었네

자연의 빛으로
자연의 숨결로
익어가는 열매

가슴에
씨앗을 품은
알찬 열매!

꽃보다 곱고
꽃보다 향기로운
영원한 사랑의 열매로.

행복은

나는
마음을 평화롭게 하는
모든 존재에 감사한다

하늘과, 나무와, 풀과, 꽃
산과 내와 들[野]
그리고 눈부신 태양
모두가 내 가슴을
풍요롭게 한다

우리 삶 속에 향기로 피어나는
음악과 그림과 시(詩)
맑은 영혼 샘솟게 하는
따뜻한 미소!

때때로
숨막히는 괴로움 속에서도
비틀거리지 않고
의연히
푸른 하늘 보며
나를 다스릴 수 있는
지혜를 얻는 기회를 만날 때
무한한 고마움을 느낀다

작은 것에도
기쁨을 느끼고
만족할 줄 아는
나를 마주할 때
진정, 나는
행복해진다.

어느 가을날에

빗방울 멎고
회색빛 하늘 걷히는
파르란 하늘 바라보며
정류장에서
그곳으로 가는 차를 기다린다

등에 짊어진
배낭 속의 책들
과연, 누구에겐가 친구가 되어
소중한 시간
함께할 수 있을런지…

세상살이에 휩쓸려
내면을 가꾸는 차분한 시간
아쉽기만 한 이 시대

그런 속에서도
소망을 꽃피우려
땀 흘리는 이들도 많겠기에
오늘, 누구 한 사람이라도
목마른 갈증 덜어주고 싶어
등짐을 지고 그곳을 찾는다.

언제부턴가

이른 아침
잠에서 눈을 뜨면
오늘 할 일 있음에
감사한다

해야 할 일이 있다는 것
가야 할 곳이 있다는 것
만날 사람이 있다는 것
그것은 기쁨이다
좋은 일이다

설사 내게 주어진 일들이
나를 힘들게 하는 시험일지라도
후회 없는 밝은 날을 위하여
성급하지 않은 발걸음으로
또박또박 걸어가리니

하늘과 함께
자연과 함께
걸어서 가리니

그곳에서 만나는 모든 것들과
영혼의 숨결로 흔연히
어우러지는 자리를 마련하리라

익은 벼이삭처럼 겸허한 자세로
밝은 햇볕처럼 따뜻한 마음으로.

마라토너

그늘은
여름 나라에서
고마운 음덕(蔭德)이지만

그러나
그 그늘, 겨울 나라에선
반갑지 않은
무자비한 존재

세상은
알고 보면
양지와 음지의 힘 겨루기

웃다가 울고
울다가 웃기도 하는
삶의 시소!

여름엔 시원한 음지에서
겨울엔 따뜻한 양지에서
살기 위하여
허리띠 졸라매고 달리는
사람, 사람, 사람들

생명이
다할 때까지
숨가쁘게 달리는

마라톤 인생.

제3부

어떤 해후

어떤 해후(邂逅)

그날
그 자리에
나가기까지
무척, 망설이지 않을 수 없었네

왜 선뜻
나가지 못하고
망설이게 되는 것일까?

아직, 시들지 않은
젊은 욕망
미련 때문일까

세월에 바래져 버린 모습
보이고 싶지 않은
애틋한 그 마음 자리…

하지만
긴 세월은
강물처럼 흘러갔어라

이제는
눈에 보이는 아름다움보다

눈에 보이지 않는 향기에
더 목마른 계절—

아! 지금은 우리

영혼의 맑은 울림에 귀 기울여야 할 때
고요히 미소짓는 여유를 누려야만 할 때.

저녁 강가에서

오늘도
나는
강언덕에서
힘차게 돌을 던진다

저녁노을
붉게 물든 하늘 아래서
하루를 마감하는
돌을 던진다

흐르는 강물 속에
아집을 던진다
교만을 던진다
증오를 던진다
슬픔과 절망을 던져 버린다

그리고
어리석은 미혹을
멀리멀리 던져 버린다

아, 그러고 보니
스치는 강바람
무심히 흐르는 강물도

모두가 평화
모두가 행복으로 안겨오네.

억새꽃

은빛 억새꽃이
화가의 화판에서
바람에 흔들리고 있다

고요한 은빛 밀어가
시인의 가슴에
그리움 물결치게 한다

스치는 바람결에
쓸쓸한 정감으로 파도치는

가을의 멋!
가을의 낭만.

신호등(信號燈) 앞에서

어느 날
신호등 앞에서
푸른 불빛 기다리다가
문득, 깨달았네

오늘 나는 행복하다고―
만나고 싶은 사람, 만날 수 있고
가 보고 싶은 곳, 갈 수 있고
하고 싶은 일, 할 수 있는
자유자재로운
건강한 오늘!

평상시
누구나 다 누리는
평범한 일상이지만
진정, 그것이
축복이라는 것을 알지 못한 채

어쩌면 무심히
그냥 지나쳐 버렸을지 모를
그 소중한 깨달음―

오늘을 감사하며
밝은 꽃 피우며 살으리.

풍경

―동작(東作) 김춘(金春) 미술전에서

바다가 보이는
산기슭 마을

산 능선 위로
붉은 아침 해
떠오르고 있었다

산 아래
두어 채 보이는
초가지붕의 촌가에선
옛날을 그립게 하는

어머니 내음 같은 굴뚝 연기가
하얗게 하얗게
피어오르고 있었다.

회상(回想)

몇 십 년이
흘러간 지금
홀연히 떠오르는 생각
그 옛 추억—

얼마나
얼마나
그리웠으면
그렇게 다리를 놓아
만나 볼 생각을 했던 것일까

아직도
그 그리움
간직되어 있다면

그것은 영원한 예술!

향기

형체도
빛깔도 없으니
눈에 보이지 않고

소리가 없으니
귀로 들을 수 없다

다만, 후각을 통해
머리와 가슴으로 전해 오는
아름다운 만남―

그것은 언제나
그리움 짙은
삶의 향수가 된다.

새벽

하루 중에
가장 투명한 시간
가장 경건한 시간
어둠과 밝음이 교차하는 시간

창을 향해 앉으면
정좌(靜坐)한 마음에 샘솟는
신성한 기도여!

새벽 별을 볼 수 있는 시간
외계에 오염되지 않은 시간
감정의 찌꺼기 모두 삭혀버린
순수한 자기만의 시간
누릴 수 있는

혼자서
차 한잔 우려 마시는
오롯한 그 시간
가슴속에 피어나는
연꽃을 본다.

연(蓮)

일찍이
저렇듯 아름다운
연(蓮)의 호수를
본 적이 있었던가

녹음 짙은 칠월
우연히
전주 덕진채련 가에서
맑은 영혼의 얼굴을 본다

어진 마음새처럼
수면을 덮은
크고 둥그런 연잎들

한 점 티없는
연(蓮)의 얼굴
연꽃의 가슴—

맑은 숨소리 들으며
망연히 바라보는
아, 나를 본다.

송광사(松廣寺)에서

산방에서
산골 물소리 들리는 산방에서
스님이 대접하는
차(茶)를 마신다

깊고 은은한 차의 향기—
밤에는 맑은 이슬에
낮에는 밝은 햇살에
청정히 목욕한 차 잎파리
그 우려낸 정기를 마신다

"차는 두 번째 우려낸 맛이 제일이지요"

한 잔 더 권하는
녹차를 들면서
홀연히 스쳐가는
솔향기도 함께 마신다

그 맑은 향기—
깊이깊이
음미하면서.

송광사(松廣寺)의 밤

죽렴(竹簾)을 드리운
넓은 방
한여름인데도
더위를 모르겠다
솔바람소리 닮은
산골 물소리 듣다가
툇마루에 나앉아 바라보는
밤하늘
별 초롱한 밤하늘
흙 냄새 지순한 어디메쯤
하얀 박꽃은 피고 있을까?
오랜만에 산책해 보는
고요한 영혼의 뜨락
끝도 방향도 아삼삼한
생(生)의 여로에서
맑은 목탁소리로
말갛게 말갛게
마음 헹군다.

아침 기도

오늘 하루도
나로 하여금
만나는 이웃과
접하는 모든 이들에게
편안함을, 밝은 미소를
나누게 하소서

눈앞에서보다
눈에서 멀어졌을 때, 더욱
귀에 목소리 들릴 때보다
들리지 않는 먼 곳에서, 더욱
나를 생각할 수 있게
아름다운 향기로
나를 채우게 하소서

그리하여
진실의 변죽만 울리다 사라지는
바람같이 허망한 꿈을
멀리 흩날려 버리고

묵묵히
땅속 깊이 뿌리내려
믿음직한 모습으로 우거진
한 그루
푸른 나무이게 하소서.

그 사람

향기 그윽한
꽃으로 피는 삶을 위하여

푸른 영혼 우거진
나무로 서기 위하여

맑은 옥빛
시(詩)를 낳기 위하여

오늘도
별빛 우러러
기도하는 그 사람.

원(圓)

원(圓)은
하나의 점에서 시작한
하나의 우주(宇宙)

그려 보면
시작과 끝나는 지점이
일치하는
신비한 우주!

태양처럼
둥글고 아름다운
아, 소망의 그 모습.

까치 소리

새 아침에

찾아온

까치소리—

목마른 가슴에

전해 오는

복음(福音)의 목소리.

넝쿨

등넝쿨
담쟁이넝쿨
나팔꽃, 능소화, 포도넝쿨
심지어
호박넝쿨, 박넝쿨, 쑤세미넝쿨 …
그들의 생리는
누군가를 의지해서
성장하고 뻗어간다

마음대로 구부러지고
마음대로 곡선을 그리며 뻗어가는
그 유연한 자세
그 자유로운 천성
곡선(曲線)이 직선(直線)보다
부드럽고 여유 있고 아름답다고
과시하고 있다

그러나, 누군가를
의지하지 않고서는
홀로 일어설 수 없는 안타까운 무기력
오늘도 손을 뻗어
나보다 강한 자를 버팀목으로 기대는 나약함이
굴신의 부끄러운 표정이기보다

오히려 밀착의 유연한 멋으로
주위의 경관을 어우러지게 하는
부드럽고 상냥한
그 개성 앞에

나는 새삼
또 다른 세상을
묵연히 바라본다.

압록강

그해 여름
중국 땅 집안(集安)에서
광개토대왕 공적비를 돌아보고
그리던 조국의 모태
압록강을 찾아갔었네

그 강물을 보며
가슴 벅차다는 표현만으로는
어림도 없는, 뻐근한 감회로
내 얼굴은 굳어져 갔네

유유히 흐르는
한강의 서정도
세느강의 낭만도
허드슨강의 문명도 없는 강
암록색(暗綠色) 강물이
가슴과 목까지 차오르는 착각 속에
도도히 흐르던
압록강!

내 나라 땅, 가까운 길 두고도
남의 나라 먼 길 돌아서
바라보는 마음

한없이 한없이
가슴 아픈데

아, 언제쯤이나
이 아픔 풀리게 될 것인지.

일상(日常)

못이 박혀 있다

손바닥에도
발바닥에도
단단하게 못이 박혀 있다

날마다의 생활이
틀에 박힌 듯
되풀이되는 탓일까

그 단단한 굳은 살은
때때로 아프게
생활 속에 부딪치지만
신음소리 한번 낼 겨를도 없이
하루가 저문다

자기 마음속에
천당과 지옥이 존재하듯이
씨줄과 날줄로 엮어 짜는
우리네 삶의
희로애락…

때로 빛 고운 삼원색(三原色)으로
아롱지는 비단 꿈도 짜 보지만
내 손바닥에 박힌 못은
그대로인 채

고달픈 언덕을
숨차게 오르고 있다.

빚쟁이

마음 바르지 못한 사람이
남의 돈 꾸어 쓰고
얼른 갚을 생각은 않고
제 하잘것 없는 욕심부터 채우듯이
내 부끄러움도
그와 같은 것이리라

긴히 할 일을 미뤄놓고
작은 피곤부터 풀기 위해
자리에 누웠다가
내처 잠들어 버리는
그 미운 습성 때문에

오늘도 나는
내 자신에게
민망한 빚더미를 안겨놓고
어쩔 줄 몰라
쩔쩔매는 꼴이라니….

먼 길

인생은

그리운 꿈으로

고향을 찾아가는

먼 먼

여정(旅程)이리.

숲길

인생은

밝은 웃음을

찾기 위하여

헤쳐가는

숲길.

제4부

자화상 앞에서

자화상(自畵像) 앞에서

벌써 오래전
젊은 날에 쓴
내 자화상 시(詩)를
정성스레 붓글씨로 써서
그분은 내게
선물했었다

액자에 끼워져
내 방에 걸어놓은 지도
어언 수십 년

무심코 오늘
그 글씨 음미하며
시(詩)를 읽어 본다

"소리없이 살았네라
있는 듯, 마는 듯, 소리없이 살았네라
바람이 옷깃에 스쳐도
귀밑까지 붉어지는
부끄러움에
숲길에서도 먼 심산 골짜기
수줍은 도라지꽃처럼
살았네라…"

새삼, 지난날
내 모습 돌아보며
안타까워지는 마음—

아직도, 아쉬운 눈길
거두지 못하는
이 저녁

그분은 지금도 먹을 갈고 있을까?
아득히 먼
하늘 나라에서.

시인(詩人)의 가슴

비어 있는
아득한
하늘이다

때로는
별떨기들이 쏟아져 내리는
갈대 휘적이는 언덕 아래
호수!

이름 모를 풀꽃들이
우북히 숲을 이룬 풀밭에
잔물결 이랑 이루며 지나는
녹색(綠色) 바람—

외로운 꿈
시름으로 흐르는
아! 강물 같은 가슴

시간에 대하여

아득하게
기다리는가 했더니
이제는 어느새
멀어져간 세월

만나게 하고
헤어지게 하고
꽃피게 하고
잎지게도 하던 시간 속에서
너와 나의 삶은 무엇이었나

흐르는 물처럼
바람처럼
모든 것들이 지나가 버리는
생애의 강변에서
땀 흘리며 사는 오늘을
소중하게 간직하리니

떠나는 시간에 손 흔들어 주고
새로이 다가오는 시간
반갑게 맞으리라

―시간은
기쁨도, 슬픔도
오래 머물지 않는
나그네.

아름다운 순간들

그 광고를 들을 때면
밝은 미소가
입가에 피어난다

그렇게 짧은
몇 초의 시간으로도
우리 삶을 꽃피게 하는
얼마나 흐뭇한 모습들인가

비록 순간적인 시간일지라도
남을 배려하고
남을 챙겨주는 일
남을 소중히 생각하는 일
얼마나 고맙고 따뜻한 정경인가

한 잔의 차(茶)
버스나 지하철 탈 때
식당에서, 엘리베이터에서
잠깐 만나는 그 순간에도

나눌 수 있는
따뜻한 그 마음—

그것은 작지만
꽃보다 아름다운
행복의 씨앗이리니.

* 공익광고협의회 광고를 들으면서.

개나리

봄이 오면
제일 먼저
손뼉 치며 웃는 꽃
노오란 개나리!

휘늘어진 가지마다
흐드러진 웃음꽃
환한 햇살로 핀다

티없이 조잘대는
한 떼 조무래기들의
웃음꽃처럼
해맑은 노랫소리처럼.

사랑초

가지색 잎에
연보라색
가냘픈 꽃

잎도, 꽃도
그 모양이 여리고 참해서
정감이 인다

저녁때면
잠자는 듯 꽃잎 오므리고
햇빛 어루만지면
맑게 웃음 짓는
순연한 모습의 사랑초!

남쪽 창가에
너를 놓고서
날마다 그윽한 눈길로
바라보노니.

찔레꽃

가던 길
아무리 바빠도
잠시, 발길 멈추고
네 곁에 다가선다

순백한 얼굴
영혼에 스며드는
그 향기!

아, 그런 너로 하여
눈부신 오월은
아름다운 꿈꾸는 계절.

코스모스

가을에
만나는
연인아!

파아란 하늘 아래
티없이 청아한
나의 연인아!

청순했던 시절
목마르게 그리던
나의 첫 사랑아.

오래된 향기

그것은
오랜 세월
곰삭은 향내 같은 것

쓴맛, 단맛으로 버무려진
향수(鄕愁) 짙은
내음

햇빛과 달빛
비와 바람, 그리고
땀과 눈물도 함께한
아름답고 그윽한 향기—

어리던 날
어머니의 소맷자락
때묻은 무명 앞치맛자락에서
맡을 수 있던
솔내음 닮은
그 정감…

영혼이 목마른 날이면
더욱 그리워지는
지난날의 그 향기.

그 길

십일월(十一月)
가을빛 물든
은행나무 가로수 길
걸어간다

여름날
푸르던 꿈길이
어느덧 회상의 길…

시나브로 지는
낙엽들이
황금빛 시(詩)를 쓰는

은행나무 그 길.

이 순간

순간으로 이어진
시간—

시간으로 이어진
세월—

물방울이 모여 흘러서
강물 이루듯

우주로 통하는 길도
지금 걷고 있는
작은 오솔길이리.

겨울 나무

무심코
겨울 나무를 바라보다가
아, 이제야 비로소
나목(裸木)의 아름다움에
눈을 뜬다

가슴에 새겨지는
오롯한
참 모습—

한 점, 꾸밈없는 맨몸으로
겨울을 견디며 봄을 기다리는
그 의연한 모습!

나목은 정녕
해탈(解脫)한 수도자의
기품을 닮고 있구나.

봄의 새소리

긴 겨울
건너서 온
봄의 새소리

반갑고 즐겁다

그 맑은 목소리는
천상의 음률
닮았나 보다

꽃잎처럼 고운 사월의 새소리―

신록처럼 연푸른 오월의 새소리―

지저귀는 새들의
봄노래 들으며
마음속 깊이 감사하는
득도(得道)의 날.

봄날에

너의 창에도
봄볕 따사롭게
비치고 있는지

너의 가슴에도
봄의 숨결
푸른 보리밭처럼
파랗게 파랗게
일렁이고 있는지

이 봄!
종달이 높이 떠 노래하는
화창한 봄날
맞이하기를.

터득(攄得)

어제는
미처 몰랐는데
뒤늦게 오늘에야
깨달았네

오늘, 이때가
가장 소중한
황금 시간이라는 것을―

강물처럼 흘러가는 세상사
지나간 뒤에 아쉬워 말고

지금, 이 자리
이 시간과 함께하는
사람들과
마주하는 존재들에게
따뜻한 마음으로 감사하리라

평범하지만
그것이 지혜로운
행복한 삶이 되리니.

촛불

때로
외로움이
슬픔이
아픔이
동반자로 다가설 때
차갑게 뿌리치기보다
연민으로 함께하는
잔잔한 마음—

그러노라면
서서히 다가오는
따뜻한 불빛

가슴에 켜지는
밝은 빛
촛불.

곡선(曲線)의 슬기

어느 날
산길을 내려오다가
문득, 곡선의 아름다움을
터득한다

굽이 도는 산길
구부러진 마을 길
한옥(韓屋)처마 네 귀의
날을 듯한 그 곡선!

그러고 보면
우리 한복 저고리의
부드럽게 궁글린 깃 모양
날렵한 섶 코
배래와 도련의 유연한
그 곡선미…

얼마나
맵씨 있고 다정한
아름다운 모양인가

승화된
부드러운 모성(母性)!
곡선의 슬기여.

등발(藤簾)

한여름
내 창에 드리운
등발, 한 자락

미풍에도
보일 듯 말 듯
신비로이 흔들리고 있다

알파벳 숫자 여덟 번째 모양의
섬세한 등넝쿨 고리들의 연결
그것을 줄줄이 늘어뜨린
풍정 있는 아취(雅趣)!

여름날
내 창가에 흐르는
예술의 숨결이여.

끈에 대하여

나는 오늘
네 존재를 모른 채
발을 옮기다가
끈에 걸려 넘어질 뻔했다

어디 넘어지게 하는 것이
세상에 끈뿐이겠는가

돌부리에 채여 넘어지기도 하고
웅덩이에 빠져 넘어지기도 하고
무단히 미끄러져 넘어질 수도 있고
타인에 의해 넘어지는가 하면
하찮은 자기 불찰로
넘어질 때도 있는 것

그러나 나는 알고 있지
끈! 너의 존재 가치를…

너는 누구를 넘어뜨리고
누구를 결박하기 위해서 생긴
존재가 아니라는 것을

떨어져 있는 둘을 하나로
흩어진 여럿을 한 뭉치 되게 하는
고마운 너!

너의 사명은
쓸모 있는 세상
아름다운 단결과 질서를 위하여
보람찬 연결 역할이리니

살아가면서
끈의 존재는
필요불가결한 소중한 것임을
새삼스레 깨닫는
오늘.

안개꽃

발끝부터
머리끝까지
피어오르는
그리움의 안개

네 눈은 어디 있느냐
너의 입, 너의 귀는 어디 있느냐
눈꼽만한 얼굴, 그러나
무한한 꿈 깃든
꽃이여!

너는 한아름으로 여럿이 함께 어울렸을 때
보다 아름답게 빛나는
하얀 면사포 쓴
신부(新婦)!

저 혼자 돋보이려고도
저 혼자 찬사받기도 원치 않는 너는
다른 꽃들과 어우러질 때
비로소 기쁨을 나누는
아름다운 천사!

언제나
잔잔한 음성으로

영혼의 속삭임 들려주는
다정스러운 너
안개꽃.

오월의 창가에서

창을 연다
내 마음의 창을 연다
창밖으로
파란 하늘이 보인다
나무와 꽃들도 보이고
언덕 아래 마을
흐르는 시내도 보인다
지나는 사람들의 말소리 들리고
낮에는 햇살
밤에는 달빛, 별빛 머물다 가는
나의 창(窓)!

새 초록이 부르는
오월의 창가에 앉아
나는 오늘
기도하는 마음으로
레이스를 짠다
얼룩진 슬픔도 기쁨의 꽃무늬로
새롭게 피어나기를
기원하면서―

아카시아 꽃보다
더 향기로운

아, 영혼의 창에 드리울
눈부시게 하얀
레이스를 짠다.

제5부

햇빛 밝은 날

햇빛 밝은 날

언제부턴가
마당에 햇볕이
그냥 놀고 있는 걸 보면
아까운 생각이 든다

빨랫줄 가득히
깨끗한 빨래들이 눈부시게 웃고 있는
뜨락의 정경—
아, 얼마나 풋풋하고 쌀뜰한
삶의 깃발들인가

빨간 고추잠자리
바지랑대 꼭대기에 물구나무서는
파란 가을 하늘 아래
널어놓은
빨간 고추 멍석, 그리고
무말랭이, 가지, 애호박 오가리…

맑은 바람
밝은 햇살과 어우러지는
내 일상의
아, 뿌듯한 한마당
풍요로움이여.

들기름 한 병
—사인정 사촌 동서

사립문 안에 들어서니
솔가지 타는 냄새
자욱했다

인기척에
정지간*에서 내다보던
사촌 동서

오메! 서울 동서 왔능교?
반색을 하며
다가온다

응달진 뒤뜰
왕겨 더미 속에서 꺼내주던
소주병에 담긴
들기름 한 병

지금도
훈훈한 인정이 곁들여진
그 들기름의 참맛
잊을 수 없네.

*정지간 : 전라도에서 부엌을 말함.

남향(南向)집 뜨락
─오지호의 그림을 보고

환하게 밝은
남향 집

이른 봄
뜨락의 나무는
아직 잎도 트지 않은 나목(裸木)으로
눈부신 봄 햇살
반기며 서 있다

나이 어린 소녀
혼자 집을 보다가
문을 열고 내다보는
아, 눈부신
봄의 뜨락

그곳엔
아지랑이 같이
파아란 꿈도
피어나고 있었다.

유월(六月)

유월
짙푸른 느티나무 아래 서면
일렁이는 청춘의 숨결
만나게 된다

풍요롭게 넘치는
녹색의 평화!
초록빛 꿈 이야기
아아, 싱그러운 젊음의 향기—

유월이 오면
느티나무 그늘 아래서
나는 하염없이
지나간 젊은 날의 오솔길
뒤돌아본다.

오늘은 좋은 날

오늘은 좋은 날—

꿈을 심고
소망을 위해 땀 흘릴 수 있는
그런 좋은 날

오늘은 아름다운 날—

그리던 너를 만나서
조용히 삶의 지혜 나눌 수 있는
그런 아름다운 날

후회도
아쉬움도
남기지 않기 위하여
나를 점검하며
열정의 꽃 피울 수 있는

밝은 얼굴로
하늘 바라보며
영혼의 기쁨 맛볼 수 있는

오늘은
그런 좋은 날이기를.

어떤 사랑

고울 때
예쁠 때
하는 사랑이야
누군들 못하랴

그러나

아플 때
미울 때도
변함없는 사랑은
아무나 할 수 없는
고귀한 사랑

한결같이 그 사랑
지키기 위하여
우리 함께
먼 훗날까지

향기롭게
아름답게.

김장철

김장하셨어요?

11월 하순쯤 되면
주부들 사이에 나누는 인사말—

"네 해 넣었어요. 해 넣고 나니
한갓진 느낌이에요"

"김장하셨나요?"

"어제 했어요. 홀가분한 기분이에요
배추김치, 총각김치, 동치미 등
담가놓고 보니 부자된 듯 흐뭇해요"

옛날
우리 할머니 어머니 시절엔
김장을 우리네 "겨울 양식"이라며
해마다 큰 행사였다

요즘엔
한겨울에도 채소가 다 있고
다른 먹거리도 많지만
그래도 김치는 빠질 수 없는

우리 식탁에 필수불가결한
기본적 존재!

오늘 김장을 마친
그녀에게선
생강, 마늘, 젓갈 등의 냄새로
야릇한 냄새 풍기지만

한시름 털어낸
그녀
환한 얼굴이다.

물망초(勿忘草)

고향에 가면
낡은 것과 오래된 것들에
마음 끌린다

옛 집
옛 동산
오솔길
징검다리
세월이 칭칭 휘감긴 정자나무
그리고 까치집…
정감 깃들인 것들에
눈길 머문다

새로운 물질문명에 밀려서
점점 멀어지고 사라져가는
우리의 옛 풍습
옛 모습들—

고전적인
올곧은 풍미와
격조 높은 여유로운 품위—

눈부시게 다듬던 옥양목
그 진솔한
백의민족의 자취와 풍속
연연한 그리움으로 남는다

세월이
흘러도 흘러도
잊을 수 없는
우리의 멋과 향기여.

풍경 2

―도솔산골에서

간밤엔
연탄으로 덥힌 온돌방에서
여독을 풀었다

창호지 문
훤히 밝아오는 신새벽
기지개 켜는 산의 소리가
조용히 들리기 시작했다

쩡쩡 산을 울리는 장끼 소리
깃을 털고 일어나는 푸득이는 산새들
저희들끼리 인사하는 소리
어느 촌가의 닭 우는 소리까지
밝아 오는 아침
새날의 생기를 북돋운다

방문을 열고 나서니
순식간에 밀려드는
신선한 공기, 상쾌함이여

오랜만에
자연의 은총 속에 함께하는
기쁨이여!

월송정(越松亭) 가는 길

운치 있는
솔밭길로 들어섰을 때
벌써 가슴은
솔빛으로 물들어갔다

솔향기 배어든 숨결로
하늘빛 우러르는 마음
옷깃을 여미고 있었다

푹신한 융단처럼, 떨어져 깔린
황토빛 솔잎길 밟으며
월송정으로 걸어가던 날
홀연히 스치는 생각
나, 다음 생애는
소나무로 살고 싶었다

―세월이 흐를수록
기품이 더해 가는
푸른 영혼의 소나무!

그런 소나무로 살면서
하늘과, 구름과, 산천초목
함께 어울려
흙내음 묻은 삶의 노래
조용히 부르며 살고 싶다.

가로수(街路樹)

혼자 걸어도
외롭지 않은 길을 위하여
가로수(街路樹)로 서 있다

사노라면
기쁜 날—
슬픈 날—

언제라도 너를 위해
가로수로 서 있다
너와의 대화를 위하여
너의 활기찬 발걸음을 위하여

봄, 여름, 가을, 겨울

언제나
꿈을 간직한 채
가로수로 서 있다.

솔메마을

아직은
거송(巨松)이 아닌
청년쯤 되는
푸른 숨결의 소나무들

자연스럽게
가지를 뻗고 자라서
서로 어우러진 모습
푸른 산자락 병풍되어
감싸 안았을
그 솔메마을—

그 이름처럼
소박한 이웃들
서로 오순도순 인정의 꽃피우며
흙 일구며 때묻지 않은 삶
살고 있을 것 같은

아, 그 이름도 아름다운
솔메마을.

아! 그 꽃

내 어린 시절
초여름
고향 뒷동산에서
신비롭게 마주 바라보던
그 꽃!

그 꽃 이름도 모른 채
고향 떠나 산 지도 벌써 수십 년 만에
오서산(烏栖山) 자연사랑 문학제에서
우연히 조우(遭遇)할 수 있었네

푸른 나뭇가지에
조롱조롱 줄줄이 피어
일제히 땅을 향해 미소짓던
하얀 그 꽃들―

꿈 많던 소녀에게
아름다운 샹들리에를 연상시키던
그 꽃들!

청초한 그 모습으로
초여름 싱그러움을 더해 주던 꽃

아, 이제야
그 꽃 이름을 알게 되다니……

옛 친구 만나듯 반가워라

때죽나무 가지에
눈부시게 피던
아! 그 꽃.

느티나무 아래서

나뭇가지 사이로
초록바람 스쳐가는 초여름
큰 느티나무 아래 찾아오면
풍요로운 그 그늘
한 세상 평화를 만날 수 있다

그 순간만은 순수한 가슴으로
지상의 아름다운 모든 것들을
생각하며 만나고 싶다

―들꽃, 맑은 옹달샘, 새소리
　고향, 오솔길, 징검다리, 첫사랑 그리고
　어머니, 너의 빛나는 얼굴, 가을의 결실……

오늘도
울창한 나뭇가지 사이로 보이는
파란 하늘과
유유히 흐르는 흰 구름

나는, 이런 순간에
영원히 늙지 않는 천사 되어
얼룩진 고뇌와 슬픔
말갛게 씻어내는
작업을 한다

하늘빛으로 물들어가는
내 영혼의 한 자락을
하염없이 바라보면서 사색에 잠기는
푸르른 시간이여.

나무여, 나무여!

나무를 찾아서
푸른 숲을 찾아서
발길, 산으로 간다

항시, 하늘을 이고 서서
푸른 꿈으로
묵묵히 서 있는 나무들

외로운 사람도
아픈 사람도
괴로운 사람도
가슴을 열고, 나무와 친구가 된다

말없는 시선, 서로 주고받으며
깊은 숨
들이마시며, 내쉬며
나무 숲 향기, 피톤치드와 함께하노라면
심신에 평안을 안겨주는
푸른 숲의 은혜!

오늘도
안식의 고향, 나무숲 찾아 거닐며
조용히 나무들과
대화를 나눈다

나무여, 나무여!
아름답고 고마운
나무들이여.

*피톤치드 : 수목이 해충이나 미생물로부터 자기를 보호하기 위하여
 발산하는 향충제로서 인체에 유익한 산림욕 물질. 소나무, 잣나무 등
 침엽수에서 많이 방출됨.